W

NIKOLAJ KLJUEV

O Russland – das bist du!

Ausgewählte Gedichte

Russisch und Deutsch

Übersetzt und herausgegeben
von Hartmut Löffel

Mit drei Gedichten von Valerij Domanskij

Wiesenburg Verlag

Bibliographische Information Der Deutschen Nationalbibliothek:

Die Deutsche Nationalbibliothek verzeichnet diese Publikation
in der Deutschen Nationalbibliographie;
detaillierte bibliographische Daten sind im Internet
über http://dnb.ddb.de abrufbar.

1. Auflage 2009
Wiesenburg Verlag
Postfach 4410 · 97412 Schweinfurt
www.wiesenburgverlag.de

Umschlaggestaltung:
Media-Print-Service · 97456 Dittelbrunn

ISBN 978-3-940756-54-1

Nikolaj Kljuev 1916

Nikolaj Kljuev: Aus den Vernehmungsakten, 1934, Lubjanka

Kljujew, altgläubiger dichter in schaftstiefeln und schafspelz, der von einem irdischen bauernparadies träumte und der wiederkehr Pugatschows, als kulak verteufelt, verhaftet, verbannt, ohne kieferngeläut verscharrt wie ein räudiger köter im lager Narym in jenen jahren …[1]

Wulf Kirsten

Nikolaj Kljuev – der russische Bauerndichter

Der russische Lyriker Nikolai Kljuev (1884-1937) ist ein Vertreter der „neuen Bauerndichter", die sich etwa ab 1910 in Sankt Petersburg zu einer lockeren Gruppe zusammenschlossen. Ihr berühmtestes Mitglied war Sergej Jessenin (1895-1925). Sie stammten fast alle vom Dorf und stellten in ihren Werken Bauerntum und bäuerliche Folklore in den Vordergrund. Freilich standen sie damit nicht allein da, denn etliche russische Prosaschriftsteller wandten sich etwa zur gleichen Zeit dem Dorf als Lebenswelt und künstlerischem Erzählraum zu, z. B. Maxim Gorki in seinem Roman „Ein Sommer" (1909) oder Iwan Bunin mit seiner bedrükkenden Erzählung „Das Dorf" (1910). Die „Bauerndichter" freilich setzten andere Akzente. Nicht die sozialen Entwicklungen und Spannungen waren ihnen Thema, sondern in oft verklärender Weise der Bauer

[1] In: Erdlebenbilder, Gedichte aus fünfzig Jahren, 1954 bis 2004, Ammann Verlag, Zürich 2004, S. 274.

als Bewahrer lebenswerter Ordnung – im Gegensatz zum Städter – und das Dorf als Inbegriff wahrer Heimat, die durch den Einzug vermeintlich fortschrittlicher Technik vernichtet werde. Auch Kljuev äußerte sich so in einem Poem, d.h. Erzählgedicht, von 1927, das den Titel „Das Dorf" trägt und in der Leningrader Zeitschrift „Der Stern" veröffentlicht wurde, was ihm übel angekreidet wurde. Denn er wandte sich in seinem Beitrag gegen die Maschine als „eisernes Pferd", das Natur und gewachsene Ordnung zerstöre, während doch der technische Fortschrittsoptimismus des politischen Systems etwas ganz anderes propagierte. Kljuev wurde zu einem „Wiedergutmachungsgedicht" gezwungen!

Auch Jessenin, der sich einmal als „letzten Dichter des Dorfes" bezeichnete, tat sich mit der modernen Industrialisierungwelle sowie dem Niedergang des bodenständigen Bauerntums schwer und geriet in den Zwiespalt, der neuen Klasse dienen zu wollen und dennoch mit seiner Kunst „rückständig" zu sein – eine Erkenntnis, die ihn zusammen mit anderen Motiven letztlich zum Selbstmord führte.

Während sich Jessenin als Bohemien in der Stadt herumtrieb und sich als Abtrünniger fühlen musste, blieb Kljuev seinen Anschauungen unbeirrt treu, trug selbstbewusst und provokant seine Bauerntracht und hielt sich auch mit seiner Meinung nicht zurück. Er gehört zu den zahlreichen Dichtern, die durch den roten Terror vernichtet wurden. Witali Schentalinski

geht in seinem Buch „Das auferstandene Wort“ dem Leidensweg einiger dieser Verfolgten nach und belegt ihr Schicksal mit dem Material aus den Archiven des sowjetischen Geheimdienstes.
Nikolai Aleksejevitsch Kljuev wurde am 10. Oktober 1884 in Koschtug, einem Dorf des Gouvernements Olonetski (heutzutage Wologda-Gebiet), in einer altgläubigen Bauernfamilie geboren. Während sich sein Vater in altgläubigen Schriften auskannte, weckte seine Mutter in ihm als berufsmäßige Märchen- und Legendenerzählerin die Liebe zur russischen Volksdichtung. Sie brachte ihm auch Lesen und Schreiben bei. Er hat sie in manches Gedicht mit einbezogen und ihr auch seinen berühmten Zyklus „Bauernhüttenlieder“ «Isbjanyje piesni» gewidmet. Nach einem nur vierjährigen Volksschulbesuch ab 1893 und einer krankheitshalber abgebrochenen Fachschulausbildung führte er einige Jahre ein ausgedehntes Wander- und Vagabundenleben und hielt sich auch im berühmten Solowezkij-Kloster am Weißen Meer auf. Im Auftrag der Geißlersekte unternahm er Reisen bis nach Indien.
Seine literarische Laufbahn begann 1904/05 verheißungsvoll mit ersten Gedichtveröffentlichungen in Sankt Petersburg. Doch da er sich während der ersten russischen Revolution (1905-1907) propagandistisch an der Bauernbewegung beteiligte, wurde er 1906 sechs Monate lang eingesperrt. Diese böse Erfahrung hat manche seiner Strophen geprägt!

Wichtig für ihn wird 1907 sein Briefwechsel und die Begegnung mit dem symbolistischen Dichter Alexandr Blok, der ihn bis 1915 betreute und förderte, sich aber auch von ihm bereichert fühlte. „Kljuev ist das große Ereignis im Herbst meines Lebens", konnte er einmal sagen. Doch auch andere Schriftsteller wie Andrej Belyj oder Ossip Mandelschtam äußerten sich lobend, und Jessenin bezeichnete ihn sogar als seinen Lehrer (Schentalinski, S. 397). Seinen ersten Gedichtband „Kieferngeläut" (1912) widmete Kljuev seinem Förderer Blok. Weitere Bände folgten: „Die brüderlichen Lieder" (1912), „Waldsagen" (1913) und „Weltrauch" (1916). Kljuev wurde zu einem geschätzten Dichter. Dies hing auch damit zusammen, dass seine Bücher am Vorabend und während des Ersten Weltkriegs – als Nationalismus, Volkstümlichkeit oder Rückwendung zum eigenen mythologischen Erbe Leitgedanken waren – von den Kritikern wohlwollend aufgenommen wurden. Doch das sollte nicht so bleiben!

Kljuev wurde auf seine Weise politischer. 1915 schloss er sich der Gruppe der „Skythen" an, die Russlands revolutionäre Befreiung und Erneuerung durch das Bauerntum erhofften mit dem Ziel, die altrussische Kultur wiederherzustellen. Dazu schien ihm die Oktoberrevolution in der Lage, und er trat deshalb 1918 der Partei der Bolschewiken bei. Der Gedichtband „Der kupferne Wal" von 1919 ist sein patriotischer Beitrag zu dieser Umbruchszeit, der er die Verwirklichung

wahren Christentums zutraute. Doch die neuen Machthaber hatten etwas ganz anderes im Sinn!
Wegen seiner christlichen Anschauungen wurde Kljuev 1920 aus der Partei ausgeschlossen. „Wir glauben an vieläugige Brüder, Lenin dagegen an Eisen und den roten Geist“, schrieb er jetzt. Doch Armut und neues Herumvagabundieren waren die Folge, denn er konnte nun immer weniger publizieren, seine „Wehklage um Jessenin“, die er nach dessen Tod veröffentlichte, wurde verboten und das große Poem von 1928 „Pogorelschina“ („Durch Brand geschädigt“), das von der Vernichtung der Bauern als Klasse handelt, konnte schon gar nicht mehr erscheinen. Kljuev musste in der Not um Hilfe bitten. „Das Elend, das Herumschleichen um fremde Küchen zerstört mich als Künstler“, schrieb er einmal an Maxim Gorki. Doch damit nicht genug! Die Presse und auch etliche sowjetische Schriftsteller diffamierten ihn. Längst vorbei waren die Lobreden der Freunde, wie die überschwängliche Jessenins: „Der sanfte Apostel Kljuew hat uns auf Händen getragen.“ „Diese Ansichten“, schreibt Schentalinski (S. 397), „vertrat man im »silbernen Zeitalter« unserer Literatur. Aber für das sich bald anschließende »eiserne Zeitalter« war Kljuew nur »der Vater der Kulakenliteratur« (*Literaturnaja enziklopedija, 1931*), »ein literarischer Agent des Kapitalismus«, »ein feindliches Element« *(Literaturnaja gaseta, 1930).“* Doch es sollte noch schlimmer kommen!

Kljuev wurde 1934 auf Betreiben des Chefredakteurs der Zeitung „Iswestija" zunächst im berüchtigten Moskauer Lubjanka-Gefängnis inhaftiert und dann als Regimegegner angeklagt. Doch er verteidigte sich ohne jede Vorsicht. Im Vernehmungsprotokoll lesen wir: „Der Aufbau des Sozialismus in der UdSSR, der unter der Diktatur des Proletariats vollzogen wird, hat meinen Traum vom alten Russland endgültig zerstört." Oder dies: „Die von der Kommunistischen Partei durchgeführte Kollektivierung wird die Grundlage und Schönheit des russischen Volkslebens, dessen Dichter ich gewesen bin, endgültig zerstören. Ich betrachte die Kollektivierung mit mystischem Entsetzen als teuflische Verirrung" (Schentalinski 400/401). Er wurde für fünf Jahre in die sibirische Stadt Kolpaschewo im Narymbezirk verbannt, doch Ende 1934 nach Tomsk verlegt. Aber auch dort hungerte er und musste sogar um Almosen betteln.

Im März 1936, so belegen die Vernehmungsunterlagen, wird Kljuev zunächst verhaftet, dann aber aufgrund seiner körperlichen Schwäche wieder entlassen. Doch das Netz wurde heimtückisch zusammengezogen: Er sollte das Haupt einer umstürzlerischen Organisation sein, die gar nicht existierte, nämlich der „Union zur Rettung Russlands" – nichts als eine infame Erfindung zur Liquidierung! Kljuev wurde tatsächlich im Oktober 1937 auf dem Kaschtatschberg in Tomsk erschossen. Nach seinem Tod kursierten verschiedene Versionen: er sei an der Station Taiga nach dem Verlust seines Koffers, die seine Manuskripte enthielten, an einem Herzanfall gestorben, oder auch, er sei im Gefängnis bzw. im Badehaus des Gefängnisses umgekommen. Doch sein Tod reichte noch nicht aus, auch sein Name und sein Werk sollten ausgelöscht sein. Jahrzehntelang waren sie verboten. Erst 1960 wurde er rehabilitiert. Mitte der siebziger Jahre erschien wieder ein Buch von ihm, und seit 1984 findet in Wytegra (unweit von Koschtug) jährlich an seinem Geburtstag ein großes Lyrikfest statt. Ironie des Schicksals ist, dass Kljuevs verloren geglaubtes Hauptpoem „Das Lied von der großen Mutter" ausgerechnet in den Archiven des KGB erhalten blieb!

In Deutschland ist Kljuev bisher wenig bekannt, obwohl 1969 in München eine zweibändige russische Ausgabe seines Werks erschienen ist, noch bevor man in Russland an eine solche Edition dachte! Heinrich Stammler stellt darin in seiner ausführlichen Einleitung zum zweiten Band den Dichter sogar mit ein paar übersetzten Gedichten und Strophen vor. Allerdings ist sein Essay im Rahmen der einsprachigen Ausgabe eher nur Russisch sprechenden Lesern vorbehalten. Die nun hier vorgelegte zweisprachige Auswahl aus dem relativ umfangreichen Werk Kljuevs bedeutet einen weiteren Schritt.

Ob Kljuev trotz Rehabilitierung und Würdigung heute in Russland wirklich gelesen wird, ist eine ganz andere Frage. Denn es handelt sich um einen schwierigen, eigenwilligen Dichter, der auch den russischen Leser und selbst den Experten immer wieder stutzen lässt. Ilma Rakusa äußert sich so: „Die Gedichte – von Kljujew meist »Lieder« genannt – orientieren sich formal sowie prosodisch an der weltlichen und geistlichen Volksdichtung, an liturgischen Gesängen, an der Lyrik des Symbolismus und weisen sprachlich eine kühne Mischung von Dialektwörtern, Regionalismen, volkstümlichen und archaischen Wendungen und Neologismen auf, zu deren vollständigem Verständnis ein Glossar erforderlich ist. Nicht weniger kühn erscheint der Synkretismus auf ideeller Ebene: Naturmystik, Pantheismus, eschatologisches Gedankengut, Sektenglaube, heidnische Mythologie, biblische und theosophische Elemente bilden ein Ideengeflecht, innerhalb dessen der »Brüderlichkeit« ein besonderer Stellenwert zukommt“ (Rakusa, 81/82).

Das stellt einen Übersetzer vor ein grundsätzliches Problem: Soll er einem zeitgenössischen deutschsprachigen Leser ein solches Glossar zumuten, mithin auf archaische und folkloristische oder gar dialektale Wörter zurückgreifen? Ich habe mich dagegen und für Verständlichkeit entschieden – ebenso wie gegen eine reine Prosaübersetzung, die der meist unregelmäßigen Rhythmik Kljuevs eher entspräche, ihr aber auch den poetischen Zauber nimmt, den er seinen Gedichten verliehen hat.

Hartmut Löffel

Безответным рабом

"Безответным рабом
Я в могилу сойду,
Под сосновым крестом
Свою долю найду".

Эту песню певал
Мой страдалец-отец,
И по смерть завещал
Допевать мне конец.

Но не стоном отцов
Моя песнь прозвучит,
А раскатом громов
Над землей пролетит.

Не безгласным рабом,
Проклиная житье,
А свободным орлом
Допою я ее.

<1905>

Als gefügiger Sklave

„Als gefügiger Sklave
sink ich schließlich ins Grab,
unterm Kiefernkreuz find ich,
was das Schicksal mir gab."

Dies Lied sang mein Vater,
der Dulder und Schweiger,
vermacht aber hat er
den Auftrag: sing weiter!

Mein Lied ertönt nicht
vom Stöhnen der Väter,
es zieht übers Land
wie ein grollendes Wetter.

Nicht als wortloser Sklave,
der verflucht, was er muss,
sondern frei wie ein Adler
sing ich's bis zum Schluss.

Прогулка

Двор, как дно огромной бочки,
Как замкнутое кольцо;
За решеткой одиночки
Чье-то бледное лицо.

Темной кофточки полоски,
Как ударов давних след,
И девической прически
В полумраке силуэт.

После памятной прогулки,
Образ светлый и родной,
В келье каменной и гулкой
Буду грезить я тобой.

Вспомню вечер безмятежный,
В бликах радужных балкон
И поющий скрипкой нежной
За оградой граммофон,

Светлокрашеную шлюпку,
Вёсел мерную молву,
Рядом девушку-голубку –
Белый призрак наяву...

Я всё тот же – мощи жаркой
Не сломил тяжелый свод...
Выйди, белая русалка,
К лодке, дремлющей у вод!

Spaziergang

Der Hof könnt ein Fassboden sein,
riesig, ein Ring, der sich schließt;
hinter Gitterstäben allein
irgendein blasses Gesicht.

Gestreift die Bluse, als wäre
es uralte Striemenspur,
im Zwielicht die Silhouette
von einer Mädchenfrisur.

Nach der Erinnerungspause
ist's heimatlich hell in mir,
in der steinhallenden Klause
träum ich noch lange von dir;

vom Abend und seinem Schweigen,
dem lichtgefleckten Balkon,
hör singend wie zarte Geigen
hinterm Zaun das Grammofon,

kann das helle Boot entdecken,
den rhythmischen Ruderton,
ein Weibchen-Täubchen daneben –
schön weiß und keine Vision …

Ich leb ja – der schwere Bogen
hat mir den Leib nicht zerdrückt …
Komm, Nixe, herangeflogen
zum Boot, das im Schlummer liegt!

Поплывем мы... Сон нелепый!
Двор, как ямы мрачной дно,
За окном глухого склепа
И зловеще и темно.

<1907>

Wir treiben … absurd, nichts als Luft!
Der Hof, wie ein Grubengrund,
vorm Fenster die finstere Gruft,
nur Unheil und schwarzer Schlund.

Я надену черную рубаху

Я надену черную рубаху
И вослед за мутным фонарем
По камням двора пройду на плаху
С молчаливо-ласковым лицом.

Вспомню маму, крашеную прялку,
Синий вечер, дрёму паутин,
За окном ночующую галку,
На окне любимый бальзамин,

Луговин поёмные просторы,
Тишину обкошенной межи,
Облаков жемчужные узоры
И девичью песенку во ржи:

Узкая полосынька
Клинышком сошлась –
Не вовремя косынька
На две расплелась!

Развилась по спинушке,
Как льняная плеть,–
Не тебе, детинушке,
Девушкой владеть!

Деревца вилавого
С маху не срубить –
Парня разудалого
Силой не любить!

Mein schwarzes Hemd streif ich über

Mein schwarzes Hemd streif ich über
und folg dem matten Laternenlicht
über den Hof zum Richtplatz hinüber
mit ruhigem und zärtlichem Gesicht.

An Mutter denk ich, ihr Spinnrad, das bunte,
den blauen Abend, das Schlafnetz der Spinne,
vorm Fenster die Dohle zur nächtlichen Stunde
und auf dem Sims die Balsamine,

kann Wiesen und Weite der Auen,
den ruhigen Rain mit dem Schnitt,
das Perlenmuster der Wolken schauen
und hör im Roggen das Mädchenlied:

> Der schmale Weg, gar nicht weit,
> hat sich zum Keil verengt –
> der Zopf, zur Unzeit enzweit,
> nun ungebunden hängt!
>
> Fällt über den Rücken
> als leinene Peitschenschnur –
> Dir Kerl wird es nicht glücken,
> du kriegst sie? Keine Spur!
>
> Das knorrige Bäumchen
> durchschlägt nicht sein erster Hieb –
> den so kühn Erträumten
> hat sie nicht ungefragt lieb!

Белая березонька
Клонится к дождю...
Не кукуй, загозынька,
Про судьбу мою!..

Но прервут куранты крепостные
Песню-думу боем роковым...
Бред души! То заводи речные
С тростником поют береговым.

Сердца сон, кромешный, как могила!
Опустил свой парус рыбарь-день.
И слезятся жалостно и хило
Огоньки прибрежных деревень.

<1908>

Das schneeweiße Birkchen neigt
sich weit zum Regen hin …
Zählt nicht, Herr Kuckuck, und schweigt,
wann ich gestorben bin! …

Doch die lenkende Turmuhr bezwingt
das Volkslied mit eisernem Klang …
Hirngespinste! Der Flussarm singt
mit dem Schilfrohr am Ufer entlang.

Ein Alptraum so schwarz wie das Grab!
Der fischende Tag holt sein Segel ein.
Und in den Dörfern den Strom hinab
tränen Lichter mit trübem Schein.

Костра степного взвивы

Костра степного взвивы,
Мерцанье высоты,
Бурьяны, даль и нивы –
Россия – это ты!

На мне бойца кольчуга,
И, подвигом горя,
В туман ночного луга
Несу светильник я.

Вас, люди, звери, гады,
Коснется ль вещий крик:
Огонь моей лампады –
Бессмертия родник!

Всё глухо. Точит злаки
Степная саранча...
Передо мной во мраке
Колеблется свеча,

Роняет сны-картинки
На скатертчатый стол –
Минувшего поминки,
Грядущего символ.

<1910>

Loderndes Steppenfeuer

Loderndes Steppenfeuer,
flimmernde Höhe dazu,
Unkraut, Felder und Weite –
O Russland – das bist du!

Im Panzerhemd des Kriegers,
brennend: Großtat auf dich,
trag in die Nebelwiese
nachts die Öllampe ich.

Macht – Leute, Tiere, Schleicher! –
euch mein Seherruf hell?
Das Feuer meines Leuchters –
unversiegbarer Quell!

Ganz still. Die Heuschrecke nagt
Getreidehalme klein …
Da vor mir nah in der Nacht
schwankender Kerzenschein,

er lässt die Traumbilder fahl
aufs Tischtuch wehn, sowohl
von früherem Totenmahl –
wie spätrem als Symbol.

В златотканные дни сентября

В златотканные дни сентября
Мнится папертью бора опушка.
Сосны молятся, ладан куря,
Над твоей опустелой избушкой.

Ветер-сторож следы старины
Заметает листвой шелестящей.
Распахни узорочье сосны,
Промелькни за березовой чащей!

Я узнаю косынки кайму,
Голосок с легковейной походкой...
Сосны шепчут про мрак и тюрьму,
Про мерцание звезд за решеткой,

Про бубенчик в жестоком пути,
Про седые бурятские дали...
Мир вам, сосны, вы думы мои,
Как родимая мать, разгадали!

В поминальные дни сентября
Вы сыновнюю тайну узнайте
И о той, что погибла любя,
Небесам и земле передайте.

<1911>

Goldgewebte Septembertage

Goldgewebte Septembertage!
Der Waldrand scheint zum Säulenbau verzweigt.
Kiefern beten, während Weihrauch vage
über deine leere Hütte steigt.

Der Wächter-Wind verwischt die alten
Spuren mit raschelndem Blätterwehn.
Lass das Kiefernornament sich spalten,
hinterm Birkendickicht lass dich sehn!

Ich kenn dein Tuch, vom Rand her gerafft,
das Stimmchen als wendiges Schweben …
Die Kiefern flüstern von Dunkel und Haft,
vom Sternenflimmern hinter den Stäben,

vom Glöckchen auf der grausamen Fahrt,
vom grauen Land der Burjaten …
Friede euch, Kiefern, Mutter mir wart
und habt die Gedanken erraten!

Gedenkende Septembertage
ihr wisst, wie sie in Liebe verschied,
und kennt des Sohns geheime Frage,
dies teilt dem Himmel und der Erde mit.

Ты всё келейнее и строже

Ты всё келейнее и строже,
Непостижимее на взгляд...
О, кто же, милостивый боже,
В твоей печали виноват?

И косы пепельные глаже,
Чем раньше, стягиваешь ты,
Глухая мать сидит за пряжей –
На поминальные холсты.

Она нездешнее постигла,
Как ты, молитвенно строга...
Блуждают солнечные иглы
По колесу от очага.

Зимы предчувствием объяты
Рыдают сосны на бору;
Опять глухие казематы
Тебе приснятся ввечеру.

Лишь станут сумерки синее,
Туман окутает реку,–
Отец, с веревкою на шее,
Придет и сядет к камельку.

Жених с простреленною грудью,
Сестра, погибшая в бою,–
Все по вечернему безлюдью
Сойдутся в хижину твою.

Du wirst verschlossner und strenger

Du wirst verschlossner und strenger,
unbegreiflicher, hat es den Schein …
O, gütiger Gott, und wer denn
soll für dein Leid verantwortlich sein?

Die Zöpfe, nicht wie sie früher warn,
die aschgrauen, ziehst du nun glatt,
die taube Mutter sitzt hinterm Garn,
damit sie ein Totenhemd hat.

Mit Beten vor manchem andern
war sie genau und so streng wie du …
Die lichten Herdstreifen wandern
übers Spinnrad der Mitte zu.

Vom Vorgeschmack des Winters berührt
tränen die Kiefern am Waldsaum;
dumpfe Gewölbe erscheinen dir
dem Abend zu wieder als Alptraum.

Blauer sich nun die Dämmerung senkt,
Nebel will den Fluss überziehn –
der Vater, den Strick um den Hals gehängt,
tritt ein und nimmt Platz am Kamin.

Der Liebste durch die Brust geschossen,
die Schwester im Kampf gefallen –
ist abends deine Tür verschlossen,
wird die Kate Treffpunkt von allen.

А Смерть останется за дверью,
Как ночь, загадочно темна.
И до рассвета суеверью
Ты будешь слепо предана.

И не поверишь яви зрячей,
Когда торжественно в ночи
Тебе – за боль, за подвиг плача –
Вручатся вечности ключи.

<1908, 1911>

Doch hinter der Tür bleibt der Tod,
wie die Nacht, so rätselhaft schwarz.
Und verängstigt bis zum Morgenrot
bist du blind gebannt und verharrst.

Und du glaubst nicht dem Geschehen,
werden feierlich in der Nacht
dir – für Schmerz und tapfere Tränen –
die Ewigkeitsschlüssel gebracht.[2]

---

[2] Das Gedicht richtet sich an Elena Michajlowna Dobroljubow, 1882(?)-1969, die Schwester des symbolistischen Dichters Alexander Dobroljubow (1876-1906). Die genannten Vater und Mutter sind ihre Eltern, die erschossene Revolutionärin ihre Schwester Maria.

Весна отсияла... Как сладостно больно

Весна отсияла... Как сладостно больно,
Душой отрезвяся, любовь схоронить.
Ковыльное поле дремуче-раздольно,
И рдяна заката огнистая нить.

И серые избы с часовней убогой,
Понурые ели, бурьяны и льны
Суровым безвестьем, печалию строгой –
"Навеки", "Прощаю",– как сердце, полны.

О матерь-отчизна, какими тропами
Бездольному сыну укажешь пойти:
Разбойную ль удаль померить с врагами,
Иль робкой былинкой кивать при пути?

Былинка поблекнет, и удаль обманет,
Умчится, как буря, надежды губя,–
Пусть ветром нагорным душа моя станет
Пророческой сказкой баюкать тебя.

Баюкать безмолвье и бури лелеять,
В степи непогожей шуметь ковылем,
На спящие села прохладою веять,
И в окна стучаться дозорным крылом.

<1911>

Wie süß und doch schmerzlich der Frühling entschwand

Wie süß und doch schmerzlich der Frühling
entschwand,
die Seele wird nüchtern, die Liebe versiegt,
und das Abendrot wie ein feuriges Band
über den struppigen Grasäckern liegt.

Mit wüster Kapelle die aschgrauen Hütten,
Krummfichten, Unkraut, das Flachsfeld wie wild,
von bitterer Trauer und fruchtlosem Brüten –
„Bis zum Tod“ „Ich verzeih“ – wie das Herz so erfüllt.

O Mütterchen-Heimat, mit welch steilen Pfaden
zeigst du dem glücklosen Sohn bald ein Ziel:
Soll ich den Feinden mit Kraftproben schaden,
nicke ich scheu wie ein Halm und bin still?

Der Halm wird verwelken, verworfen die Stärke,
die hinstürmend Hoffnungen achtlos zerstört –
so sei meine Seele der Wind von den Bergen,
der mit Märchen dich wiegt und den Schlaf dir
beschwört.

So wiegt sie die Stille, den Sturm wird sie hegen,
im Dämmer der Steppe belebt wie das Gras,
auf schlafende Dörfer die Nachtkühle wehen,
und ihr Flügel pocht wachsam ans Fensterglas.

Темным зовам не верит душа

Темным зовам не верит душа,
Не летит встречу призракам ночи.
Ты, как осень, ясна, хороша,
Только строже и в ласках короче.

Потянулися с криком в отлет
Журавли над потусклой равниной.
Как с природой, тебя эшафот
Не разлучит с родимой кручиной.

Не однажды под осени плач
О тебе – невозвратно далекой
За разгульным стаканом палач
Головою поникнет жестокой.

<1912>

Dunklen Rufen traut die Seele nicht

Dunklen Rufen traut die Seele nicht,
fliegt keinen Nachtgespenstern zu.
Wie der Herbst so klar und so licht,
nur strenger, liebkosend herber bist du.

Schreiend folgten sie ihrem Gebot,
die Kraniche ziehn übers graue Land.
Von der Natur trennt dich kein Schafott
und zertrennt nicht das Heimatband.

Wie oft im Herbst, dem Tränenschenker,
weint er um dich – so endgültig fern –
vor dem fröhlichen Glas der Henker
mit hängendem Kopf und herzlos im Kern.

Певучей думой обуян

Певучей думой обуян,
Дремлю под жесткою дерюгой.
Я – королевич Еруслан
В пути за пленницей-подругой.

Мой конь под алым чепраком,
На мне серебряные латы...
А мать жужжит веретеном
В луче осеннего заката.

Смежают сумерки глаза,
На лихо жалуется прялка...
Дымится омут, спит лоза,
В осоке девушка-русалка.

Она поет, манит на дно
От неги ярого избытка...
Замри, судьбы веретено,
Порвись, тоскующая нитка!

<1912>

Vom klingenden Traumbild gebannt [3]

Vom klingenden Traumbild gebannt,
nick ich unterm Sackleinen ein.
Ich – der tapfere Prinz Jeruslan
will die gefangne Freundin befrein.

Mein Pferd mit roter Schabracke,
wie mein silberner Harnisch besticht! …
Und die Mutter summt mit der Spindel
im herbstlichen Abendrotlicht.

Die Dämmerung drückt auf die Augen,
vor Leid klagt die Spinnerin …
Die Weide schläft, das Wasser raucht,
eine Nixe im Gras mittendrin.

Sie singt und lockt hinunter zum Grund
im wonnigen Überschwang …
Zerreiß doch, du Schwermutsfaden und
du Schicksalsspule, halt an!

---

[3] Anspielung auf Puschkins Märchens „Ruslan und Ludmilla“. Die Fürstentochter Ludmilla wird während der Hochzeit von einem Zauberer entführt. Der Ritter Ruslan macht sich auf, um sie zu befreien.

Я молился бы лику заката

Я молился бы лику заката,
Темной роще, туману, ручьям,
Да тяжелая дверь каземата
Не пускает к родимым полям –

Наглядеться на бора опушку,
Листопадом, смолой подышать,
Постучаться в лесную избушку,
Где за пряжею старится мать...

Не она ли за праслом решетки
Ветровою свирелью поет...
Вечер нижет янтарные четки,
Красит золотом треснувший свод.

<1912>

Ins Abendrot beten, wie wünsch ich es mir

Ins Abendrot beten, wie wünsch ich es mir,
zu den Bächen, dem Nebel, den Wäldern,
aber die schwere Gewölbetür
lässt mich nicht heim zu den Feldern –

Wie wollt ich den Waldrand genießen,
den Blätterfall riechen, die harzige Haut,
an die Waldhütte klopfen und grüßen,
wo Mutter über dem Garn ergraut …

Ob sie wohl hinter dem Flechtzaun singt
wie vom Windhauch geblasne Schalmei …
Fädelnd der Abend den Rosenkranz ringt,
vergoldet den brüchigen Bogen dabei.

Осинушка

Ах, кому судьбинушка
Ворожит беду:
Горькая осинушка
Ронит лист-руду.

Полымем разубрана,
Вся красным-красна,
Может быть, подрублена
Топором она.

Может, червоточина
Гложет сердце ей,
Черная проточина
Въелась меж корней.

Облака по просини
Крутятся в кольцо,
От судины-осени
Вянет деревцо.

Ой, заря-осинушка,
Златоцветный лёт,
У тебя детинушка
Разума займет!

Чтобы сны стожарные
В явь оборотить,
Думы – листья зарные –
По ветру пустить. <1913>

Kleine Espe

Ach wem nur die Schicksalsfee
Verderb prophezeit:
Die Espe, die bittere,
ihr Blatt-Erz verstreut.

Und die Flammenverzierte
ist rot über rot,
wohl durch fällende Hiebe
bereits aus dem Lot.

Kann sein, der Holzwurm zernagt
ihr einfach das Herz,
im nachtschwarzen Bohrgang plagt
er sie wurzelwärts.

Paar Wolken über dem Blau
drehen sich im Ring,
vom richtenden Herbst der Baum
sein Welken empfing.

O Morgenrot-Espe hier,
welch goldfarbner Flug,
ein kraftvoller Kerl borgt bei dir
leicht Weisheit genug!

Dass Sternenträume später
Erfüllung finden,
wehn Gedanken – wie Blätter –
fort mit den Winden.

Чу! Перекатный стук на гумнах

Чу! Перекатный стук на гумнах,
Он по заре звучит как рог.
От бед, от козней полоумных
Мой вещий дух не изнемог.

Я всё такой же, как в столетьях,
Широкогрудый удалец...
Знать, к солнцепеку на поветях
Рудеет утренний багрец.

От гумен тянет росным медом,
Дробь молотьбы – могучий рог.
Нас подарил обильным годом
Сребробородый, древний бог.

<1913>

Horch! Auf der Tenne das rollende Schlagen

Horch! Auf der Tenne das rollende Schlagen,
das tönt schon frühmorgens los wie ein Horn.
Vor Not, vom Ränkespiel der Beknackten
ist mein sehender Geist noch längst nicht verlorn.

Wie Frühere schon, so bin ich halt,
mit breiter Brust ein Mordskerl vor allen …
Und wenn der Morgenpurpur erstrahlt,
wird Sonnenglut auf die Dächer prallen.

Von der Tenne weht harziger Honig,
trommelndes Dreschen – kraftvolles Horn.
Mit üppigem Jahr versah er uns sonnig,
der silberbärtige Gott gab uns Korn.

Пашни буры, межи зелены

Пашни буры, межи зелены,
Спит за елями закат,
Камней мшистые расщелины
Влагу вешнюю таят.

Хороша лесная родина:
Глушь да поймища кругом!..
Прослезилася смородина,
Травный слушая псалом.

И не чую больше тела я,
Сердце – всхожее зерно...
Прилетайте, птицы белые,
Клюйте ярое пшено!

Льются сумерки прозрачные,
Кроют дали, изб коньки,
И березки – свечи брачные –
Теплят листьев огоньки.

<1914>

Die Felder braun, dazwischen Grün

Die Felder braun, dazwischen Grün,
das Rot schläft hinter den Bäumen,
bemooste Spaltensteine hüten
das Nass in den Zwischenräumen.

Wie schön die waldige Heimat ist:
mit Ödland und Auen beschert! …
Die Johannisbeere tränt versüßt,
wenn sie den Gräserpsalm hört.

Und meinen Körper spür ich nicht mehr,
das Herz – ein keimendes Saatkorn …
Weiße Vögel, so flattert nur her,
gebt kein Hirsekörnchen verlorn.

Dämmrung, durchglühtes Sich-Schwärzen,
Hüttenfirste versperren die Sicht,
und den Birken – Hochzeitskerzen –
spenden die Blätterflämmchen ihr Licht.

Я люблю цыганские кочевья

Я люблю цыганские кочевья,
Свист костра и ржанье жеребят,
Под луной как призраки деревья
И ночной железный листопад.

Я люблю кладбищенской сторожки
Нежилой, пугающий уют,
Дальний звон и с крестиками ложки,
В чьей резьбе заклятия живут.

Зорькой тишь, гармонику в потемки,
Дым овина, в росах коноплю...
Подивятся дальние потомки
Моему безбрежному "люблю".

Что до них? Улыбчивые очи
Ловят сказки теми и лучей...
Я люблю остожья, грай сорочий,
Близь и дали, рощу и ручей.

<1914>

Wie lieb ich die ziehenden Zigeuner

Wie lieb ich die ziehenden Zigeuner,
pfeifendes Feuer, wiehernde Füllen,
mondnachts wie Gespenster die Bäume,
und eisernen Laubfall im Stillen.

Wie lieb ich auch die Friedhofshäuschen
mit schrecklicher Behaglichkeit und leer,
den fernen Klang, und Löffel mit Kreuzchen,
eingekerbt blickt ein Zauberwort her.

Lieb Ruhe und nachts die Harmonika
den Hanf voll Tau, den Duft der Darre...
Wie staunt ihr fernen Nachkommen da,
welch endlose „Liebe“ ich bewahre.

Und sie? Sind lächelnd den Märchen treu,
den dunklen, hellen und haschen danach...
Wie lieb ich das Heu, den Elsternschrei,
Nähe und Ferne, den Hain und den Bach.

Просинь – море, туча – кит

Просинь – море, туча – кит,
А туман – лодейный парус.
За окнищем моросит
Не то сырь, не то стеклярус.

Двор – совиное крыло,
Весь в глазастом узорочье.
Судомойня – не село,
Брань – не щекоты сорочьи.

В городище, как во сне,
Люди – тля, а избы – горы.
Примерещилися мне
Беломорские просторы.

Гомон чаек, плеск весла,
Вольный промысел ловецкий:
На потух заря пошла,
Чуден остров Соловецкий.

Водяник прядет кудель,
Что волна, то пасмо пряжи...
На извозчичью артель
Я готовлю харч говяжий.

Повернет небесный кит
Хвост к теплу и водополью...
Я – как невод, что лежит
На мели, изъеден солью.

Blauhimmel – Meer, Wolken – ein Wal

Blauhimmel – Meer, Wolken – ein Wal,
der Nebel – ein Segeltuch.
Vorm Fenster tropft es überall,
sei's Regen oder Glasbruch.

Ein Eulenflügel – der Hof,
woraus ein Augenmuster sieht.
Der weite Schiffsplatz – kein Dorf
und Geschimpfe – kein Elsternlied.

In der Siedlung, wie im Traum,
Hütten – Berge, Leute – Läuse.
Endlos erschien mir der Raum,
Meer war's und wieder das Weiße.

Ruderplätschern, Möwengeschrei
und des freien Fischfangs Netz:
Das Abendrot ging bald vorbei
der Trauminsel Solowjezk.

Der Wassermann spinnt Hede,
die Welle ist Rolle fürs Garn …
Weil ich den Zunftkoch vertrete,
lass ich das Rindfleisch garen.

Der Himmelswal dreht den Schwanz
zur Wärme, wasserversessen …
Ich – wie das Netz auf dem Sand
bin längst schon vom Salz zerfressen.

Не придет за ним помор –
Пододонный полонянник...
Правят сумерки дозор,
Как ночлег бездомный странник.

<1914>

Keiner von hier gibt drauf acht –
Sein Wissen bewahrt der Prophet …
Allein die Dämmrung hält Wacht,
wie dem Wandrer sein Nachtplatz rät.

Талы избы, дорога

Талы избы, дорога,
Буры пни и кусты,
У лосиного лога
Четки елей кресты.

На завалине лыжи
Обсушил полудняк.
Снег дырявый и рыжий,
Словно дедов армяк.

Зорька в пестрядь и лыко
Рядит сучья ракит,
Кузовок с земляникой –
Солнце метит в зенит.

Дятел – пущ колотушка –
Дразнит стуком клеста,
И глухарья ловушка
На сегодня пуста.

<1914 или 1915>

Tropfende Hütten, die Straße

Tropfende Hütten, die Straße,
braune Stümpfe, Gebüsch,
vor der Elchschlucht die nassen
Fichtenkreuze wie frisch.

Auf dem Erdwall paar Ski,
windgetrocknet am Tag.
Schnee so rot und so löchrig wie
Großvaters alter »armjack« [4].

Morgenröte, bunt und wie Bast,
schmückt die Bruchweiden mit
und den Korb, der Erdbeeren fasst –
die Sonne zielt zum Zenit.

Buntspecht – Trommler des Waldes –
neckt den Kreuzschnabel dreist,
und die Auerhahnfalle
bleibt für heute verwaist.

---

[4] Arm'jack= Bauernrock bzw. Bauernkittel.

Болесть да засуха

Болесть да засуха,
На скотину мор.
Горбясь, шьет старуха
Мертвецу убор.

Холст ледащ на ощупь,
Слепы нить, игла...
Как медвежья поступь,
Темень тяжела.

С печи смотрят годы
С карлицей-судьбой.
Водят хороводы
Тучи над избой.

Мертвый дух несносен,
Маета и чад.
Помелища сосен
В небеса стучат.

Глухо божье ухо,
Свод надземный толст.
Шьет, кляня, старуха
Поминальный холст.

<1915>

Krankheit nur und Dürre

Krankheit nur und Dürre,
die Seuche unter dem Vieh.
Gekrümmt sitzt die Alte,
für den Toten näht sie.

Dünn ist das Leinen,
Nadel und Faden blind …
Schwer wie ein Bärenschritt
Dämmrung und Dunkel sind.

Vom Ofen sehn die Jahre
mit ihrem Zwergen-Geschick.
Über der Hütte tanzen
Wolken ihr Reigenstück.

Totenluft und Qualm
und Elend wie ertragen?
Die Wipfel der Kiefern
an den Himmel schlagen.

Taub ist Gottes Ohr,
die Himmelswölbung dick.
Fluchend näht die Alte
am Totenkleid ein Stück.

Бродит темень по избе

Бродит темень по избе,
Спотыкается спросонок,
Балалайкою в трубе
Заливается бесенок:

"Трынь да брынь, да тере-рень..."
Чу! Заутренние звоны...
Богородицына тень,
Просияв, сошла с иконы.

В дымовище сгинул бес,
Печь, как старица, вздохнула.
За окном бугор и лес
Зорька в сыту окунула.

Там, минуючи зарю,
Ширь безвестных плоскогорий,
Одолеть судьбу-змею
Скачет пламенный Егорий.

На задворки вышел Влас
С вербой, в венчике сусальном.
Золотой, воскресный час,
Просиявший в безначальном.

<1915>

Dunkelheit wandelt durchs Haus

Dunkelheit wandelt durchs Haus,
strauchelt, geweckt ohne Zweifel,
wie Balalaika zum Ofenrohr raus
trillert ein kleiner Teufel:

„Tri und bri und tirili…“
Horch, drüben die Frühmessmusik …
Mutter Gottes, ihr Schatten, sieh:
strahlend dem Rahmen entstieg.

Weg ist der Teufel im Rauch,
der Alten gleich seufzt der Ofen nur.
Röte taucht den Wald und auch
den Hügel in Honiglasur.

Dort, ums Morgenrot biegend,
im Galopp überm weiten Land,
die Schicksalsschlange bekriegend
fliegt Georg lodernd entbrannt.

Im Hinterhof hat Wlas zu tun,
sein Zweig ist blumengeschmückt.
Welch goldne Sonntagsstunde nun,
im Strahlen der Zeit entrückt!

Не в смерть, а в жизнь введи меня

Не в смерть, а в жизнь введи меня,
Тропа дремучая лесная!
Привет вам, братья-зеленя,
Потемки дупел, синь живая!

Я не с железом к вам иду,
Дружась лишь с посохом да рясой,
Но чтоб припасть в слезах, в бреду
К ногам березы седовласой,

Чтоб помолиться лику ив,
Послушать пташек-клирошанок
И, брашен солнечных вкусив,
Набрать младенческих волвянок.

На мху, как в зыбке, задремать
Под "баю-бай" осиплой ели...
О, пуща-матерь, тучки прядь,
Туман, пушистее кудели,

Как сладко брагою лучей
На вашей вечере упиться,
Прозрев, что веткою в ручей
Душа родимая глядится!

<1915>

Nicht in den Tod, ins Leben führ mich hin

Nicht in den Tod, ins Leben führ mich hin,
der Waldpfad schlüpft durch dichten Verhau!
Gruß euch, ihr Brüder in Grün,
Höhlendunkel, lebendiges Blau!

Ich komm nicht mit Eisen zu euch,
freundschaftlich nur mit Kutte und Stab,
und sinke in Tränen, trancegleich
zum Fuß der ergrauten Birke hinab,

um zu den Weiden zu beten,
hör den Vogelgesang jubiliern
und, von der Sonnenkost gesättigt,
möcht ich die jungen Pilze aufspürn,

im Moos, wie gewiegt, dann dämmern,
dem heisern „Heia…“ der Fichten lausch ich …
O Dickicht-Mutter, Wolkensträhne,
Nebel weicher als Werg und flauschig;

Wie süß mich der Maischsaft der Strahlen
berauscht, den Abend feire ich mit,
durchblitzt, dass wie das Zweigchen im Wasser
auch meine Seele sich sieht!

Рождество избы

От кудрявых стружек тянет смолью,
Духовит, как улей, белый сруб.
Крепкогрудый плотник тешет колья,
На слова медлителен и скуп.

Тёпел паз, захватисты кокоры,
Крутолоб тесовый шоломок.
Будут рябью писаны подзоры,
И лудянкой выпестрен конёк.

По стене, как зернь, пройдут зарубки:
Сукрест, лапки, крапица, рядки,
Чтоб избе-молодке в красной шубке
Явь и сонь мерещились – легки.

Крепкогруд строитель-тайновидец,
Перед ним щепа как письмена:
Запоет резная пава с крылец,
Брызнет ярь с наличника окна.

И когда очёсками кудели
Над избой взлохматится дымок –
Сказ пойдет о красном древоделе
По лесам, на запад и восток.

<1915 или 1916>

Entstehung eines Bauernhauses

Wie duften vom Harz die lockigen Späne
und wie der Bau nach Bienenstock riecht!
Nun fertigt der Zimmermann die Pfähle,
der kräftige, der so wenig spricht.

Griffig das Krummholz, die Nut noch nicht kalt,
steil ist der Bretterhelm ausgeführt.
Gekräuseltes Schnitzwerk wird schön bemalt,
das Pferdchen verzinnt und glanzverziert.

Kerben, wie Körner, beleben die Wand:
als Kreuze, Pfötchen, Punkte, Reihen,
damit in roter Tracht Frau Hütte dann
Wirklichkeit und Traum erträglich seien.

Der Schöpfer und Seher studiert genau
den Span, als ob er beschrieben wär:
Geschnitzt singt bald von der Treppe ein Pfau,
funkelt das Grün vom Fensterstock her.

Und weht dann wie feine Fasern von Hede
hoch überm Dach der zerzauste Rauch –
geht vom roten Zimmermann die Rede
durch Wälder nach Westen und Osten auch.

Зима изгрызла бок у стога

Зима изгрызла бок у стога,
Вспорола скирды, но вдомек
Буренке пегая дорога
И грай нахохленных сорок.

Сороки хохлятся – к капели,
Дорога пега – быть теплу.
Как лещ наживку, ловят ели
Луча янтарную иглу.

И луч бежит в переполохе,
Ныряет в хвои, в зыбь ветвей...
По вечерам коровьи вздохи
Снотворней бабкиных речей:

«К весне пошло, на речке глыбко,
Буренка чует водополь...»
Изба дремлива, словно зыбка,
Где смолкли горести и боль.

Лишь в поставце, как скряга злато,
Теленье числя и удой,
Подойник с кринкою щербатой
Тревожат сумрак избяной.

<1916>

Der Winter setzte dem Heuschober zu

Der Winter setzte dem Heuschober zu,
schlitzte die großen, na schön,
der scheckige Weg bleibt der Kuh
und der Elsternschrei bleibt bestehn.

Die Elstern plustern sich – Frühlingswetter,
der Weg ist scheckig – warm auf einmal.
Fichten fangen, wie Brachse den Köder,
den bernsteinfarbnen Stachel-Strahl.

Und der Strahl verschwindet im Nu
zwischen Nadeln, in krause Falten …
Am Abend locken die Seufzer der Kuh
schneller den Schlaf als das Brabbeln der Alten.

„Der Frühling kam, der Fluss brach in Stücke,
die Kuh weiß die Tränke nicht weit …"
Die Hütte dämmert, als wärs eine Wiege,
da legen sich Kummer und Leid.

Nur, wie der Goldfilz – giert auch das Soll,
Viehstand, Erträge, wie viel?
und Melkeimer, Milchtopf narbenvoll
stören das Schlummeridyll.

Пахарь

Вы на себя плетете петли
И навостряете мечи.
Ищу вотще: меж вами нет ли
Рассвета алчущих в ночи?

На мне убогая сермяга,
Худая обувь на ногах,
Но сколько радости и блага
Сквозит в поруганных чертах.

В мой хлеб мешаете вы пепел,
Отраву горькую в вино,
Но я, как небо, мудро-светел
И неразгадан, как оно.

Вы обошли моря и сушу,
К созвездьям взвили корабли,
И лишь меня – мирскую душу,
Как жалкий сор, пренебрегли.

Работник родины свободной
На ниве жизни и труда,
Могу ль я вас, как терн негодный,
Не вырвать с корнем навсегда?

<1911, 1918>

Ackerbauer

Ihr knüpft für euch selber die Schlingen
und habt eure Schwerter scharf gemacht,
ich suche umsonst: wo den finden,
der nach Morgenrot lechzt in der Nacht?

Mein Bauernrock ist nicht von heute,
bin den schiefen Schuhen nicht freund,
doch wieviel Güte und Freude
in den geschmähten Zügen erscheint!

Ihr gießt mir Gift in den Wein und mischt
mir Asche ins Brot zum Verzehr,
doch ich – wie der Himmel weise-licht
bin so unergründet wie er.

Festland umfuhrt ihr und Meere,
Gestirnen zu flogen Schiffe weg,
und nur mich – die Menschenseele,
miedet ihr wie den letzten Dreck.

Zum Schaffenden freier Heimat geborn,
für Werk und Leben ackernd,
kann ich euch nicht, wie den Schlehendorn,
an der Wurzel für immer packen?

Братья, мы забыли подснежник [5]

Братья, мы забыли подснежник,
На проталинке снегиря,
Непролазный, мертвый валежник
Прославляют поэты зря!

Хороши заводские трубы,
Многохоботный маховик,
Но всевластней отрочьи губы,
Где живет исступленья крик.

Но победней юноши пятка,
Рощи глаз, где лешачий дед.
Ненавистна борцу лампадка,
Филаретовских риз глазет!

Полюбить гудки, кривошипы –
Снегиря и травку презреть...
Осыпают церковные липы
Листопадную рыжую медь.

---

[5] Kupalo und Krasnaja Gorka sind Volksfeste heidnischen Ursprungs. Mit dem Kupalo-Fest der Sommersonnenwende am 7. Juli (im Gregorianischen Kalender) begann zugleich die Badesaison; nach dem Frühlingsfest Krasnaja Gorka am ersten Sonntag oder Montag nach Ostern fanden wieder Hochzeiten statt.

Wir vergaßen das Schneeglöckchen, Brüder [6]

Wir vergaßen das Schneeglöckchen, Brüder,
den Dompfaff auf dem eisfreien Fleck,
umsonst sind eure Dichterlieder
über den toten Windbruch im Weg!

Die Werkschlote, hochgetrieben,
sind wie das gerüsselte Schwungrad gut,
doch mächtiger sind Knabenlippen
mit ihrem Aufschrei voller Wut.

Sieghafter ist die Ferse des Jünglings
als das Auge des Hains und der Waldschrat.
Der Kämpfer schätzt die Lampe gering
wie vom Messgewand den Brokat!

Ja, Sirenen und Kurbeln lieben –
für Dompfaff und Gras bleibt nur Spott …
Es streuen die heiligen Linden
ihr blätterndes Kupferrot.

---

[6] Der Name Kupalo geht auf Iwan-Kupalo zurück (kirchlich umgedeutet zu Johannes dem Täufer). Krasnaja Gorka (schöne Anhöhe) bezeichnete die schon schneefreien Hügel, wo gefeiert werden konnte.

И на сердце свеча и просфорка,
Бересклет, где щебечет снегирь.
Есть Купало и Красная горка,
Сыропустная блинная ширь.

Есть Россия в багдадском монисто,
С бедуинским изломом бровей...
Мы забыли про цветик душистый
На груди колыбельных полей.

<1920>

Und im Herzen Kerze und Hostie,
vom Spindelbaum zwitschert der Dompfaff her,
Kupalo gibt's und Krasnaja Gorka,
Weite fladenflach, feucht und leer.

Russland – in einem Bagdad-Collier,
beduinisch mit dem Knick der Brauen?...
Die duftende Blume vergaßen wir
auf den wogenden Feldern zu schauen.

Плач о Есенине

(1)

Помяни, чёртушко, Есенина
Кутьей из углей да из омылок банных!
А в моей квашне пьяно вспенена
Опара для свадеб да игрищ багряных.

А у меня изба новая —
Полати с подзором, божница неугасимая,
Намел из подлавочья ярого слова я
Тебе, мой совенок, птаха моя любимая!

Пришел ты из Рязани платочком бухарским,
Нестираным, неполосканым, немыленым,
Звал мою пазуху улусом татарским,
Зубы табунами, а бороду филином!

Лепил я твою душеньку, как гнездо касатка,
Слюной крепил мысли, слова слезинками,
Да погасла зарная свеченька, моя лесная лампадка,
Ушел ты от меня разбойными тропинками!

Кручинушка была деду лесному,
Трепались по урочищам берестяные седины,
Плакал дымом овинник, а прясла солому
Пускали по ветру, как пух лебединый.

Wehklage um Jessenin

So denk nur, Teufelchen, an Jessenin,
das Totenmahl aus Kohle und aus Seifenrest,
doch trunknes Schäumen des Teiges hebt ihn
im Trog mir für heiteres Spiel und Hochzeitsfest.

Indes: ein neues Häuschen hab ich –
Schlafbank mit Rüschen, Ikone mit ewigem Licht,
ich fegte unter der Bank – und welch feurige Wörter
fand ich,
mein Eulchen, mein lieber Vogel – für dich!

Du kamst von Rjasan, mit dem Tuch aus Buchara,
nicht gewaschen, geschwenkt nicht – die Seife gespart,
meine Brust nanntest du ein tatarisches Lager,
die Zähne Herden und Uhu den Bart.

Deine Seele hab ich geformt wie die Schwalbe ihr Nest,
mit Spucke Gedanken gestärkt, die Worte durch
Tränen geladen,
ach die Kerze, mein Waldlämpchen, halt ich erloschen
fest,
weg liefst du mir mit den Räuberpfaden.

Kummer blieb dem alten Waldmann bloß,
graue Birkenhaare flatterten am Grabenrand,
die Korndarre weinte mit Rauch, und der Zaun ließ
Stroh los,
das mit dem Wind, wie eine Schwanendaune,
entschwand.

(3)

Рожоное мое дитятко, матюжник милый,
Гробовая доска – всем грехам покрышка,
Прости ты меня, борова, что кабаньей силой
Не вспоил я тебя до златого излишка!

Златой же удел – быть пчелой жировой,
Блюсти тайники, медовые срубы.
Да обронил ты хазарскую гривну – побратимово слово,
Целовать лишь ковригу, солнце да цвет голубый.

С тобой бы лечь во честной гроб,
Во желты пески, да не с веревкой на шее!..
Быль иль небыль то, что у русских троп
Вырастают цветы твоих глаз синее?

Только мне, горюну, – горынь-трава...
Овдовел я без тебя, как печь без помяльца,
Как без Настеньки горенка, где шелки да канва
Караулят пустые, нешитые пяльца!

<1926>

(3)

Von mir geborenes Kind, mein liebes Schandmaul du,
das Sargbrett ist – der Deckel aller Sünden,
vergib mir, dem Eber, mit Keilerkraft sah ich zu
und ließ dich die goldene Fülle nicht finden!

Golden war dennoch dein Los – den heimlichen
Honigort,
in Bäumen versteckt, als fette Biene zu hüten;
doch dir entfiel der zählende Wert – das bindende Wort,
das Brot nur zu küssen, die Sonne und blaue
Himmelsblüten.

Ich möchte im ehrbaren Sarg mit dir liegen,
in gelblichem Sand, um den Hals keinen Strick! …
Wahr oder nicht, dass auf russischen Wegen
Blumen nicht blauer sind als dein Blick?

Nur mir, dem Betrübten – bleibt Trauergras …
verwitwet ohne dich, wie der besenlose Ofen,
wie ohne Nastja die Stube, wo Seide und Kanevas
unbestickt den leeren Rahmen umhofen.

(конец)

Успокоение

Падает снег на дорогу –
Белый ромашковый цвет.
Может, дойду понемногу
К окнам где ласковый свет?
Топчут усталые ноги
Белый ромашковый цвет.

Вижу за окнами прялку,
Песенку мама поет,
С нитью веселой вповалку
Пухлый мурлыкает кот,
Мышку-вдову за мочалку
Замуж сверчок выдает.

Сладко уснуть на лежанке...
Кот – непробудный сосед.
Пусть забубнит впозаранки
Ульем на странника дед,
Сед он, как пень на полянке –
Белый ромашковый цвет.

Только б коснуться покоя,
В сумке огниво и трут,
Яблоней в розовом зное
Щеки мои расцветут
Там, где вплетает левкои
В мамины косы уют.

(Schluss)

Beruhigung

Auf den Weg fällt der Schnee –
weiße Kamillenblüte.
Ob ich zum Fenster geh,
zum zärtlichen Licht ein paar Schritte?
Die müden Füße zertreten
weiße Kamillenblüte.

Drinnen seh ich das Spinnrad,
Mama trällert ein Liedchen,
der mollige Kater schnurrt satt
beim fröhlichen Faden liegend,
das Heimchen traut in der Tat:
Frau Maus soll den Bastwisch kriegen.

Wie süß auf der Ofenbank schlummern …
Der Kater – als Nachbar tut müde.
Soll Großvater dämmerfrüh brummeln
wie Bienen um Störenfriede,
so grau, wie bei Kahlschlag ein Stummel –
weiße Kamillenblüte.

Dem Treiben möcht ich nur kurz entfliehn,
in der Tasche Zunder und Stein,
die Backen werden mir beide glühn:
wie ein rosiger Apfelbaum sein,
Traulichkeit flicht dort Levkojen im Blühn
in Mütterchens Zöpfe hinein.

Жизнь – океан многозвенный
Путнику плещет вослед.
Волгу ли, берег ли Роны –
Все принимает поэт...
Тихо ложится на склоны
Белый ромашковый цвет.

<1926>

Das Leben – ein Meer voller Klänge –
spritzt nach dem Wandrer im Rücken.
Ob Rhoneufer, ob Wolgalänge –
den Dichter stellt alles zufrieden …
Leise legen sich auf die Hänge
weiße Kamillenblüten.

Корабельщики

Мы корабельщики-поэты,
В водовороты влюблены,
Стремим на шквалы и кометы
Неукротимые челны.

И у руля, презрев пучины,
Мы атлантическим стихом
Перед избушкой две рябины
За вьюгою не воспоем.

Что́ романтические ямбы –
Осиный гуд бумажных сот,
Когда у крепкогрудой дамбы
Орет к отплытью пароход!

Познав веселье парохода
Баюкать песни и тюки,
Мы жаждем львиного приплода
От поэтической строки.

Напевный лев (он в чревной хмаре),
Взревет с пылающих страниц –
О том, как русский пролетарий
Взнуздал багряных кобылиц.

Как убаюкал на ладони
Грозовый Ленин боль земли,
Чтоб ослепительные кони
Луга беззимние нашли. –

Seeleute

Wir Seeleute und Poeten,
und in die Strudel vernarrt,
halten auf Sturm und Kometen
die wilden Kähne in Fahrt.

Am Ruder, sind die Schlünde besiegt,
besingt unser Meeresgedicht
zwei Ebereschen vor der Hütte
zur Zeit der Schneestürme nicht.

Was sollen romantische Jamben –
papierner Waben Wespengesumm,
schreit der Dampfer beim wuchtigen Damm
sein Mahnwort hinaus zum Kehrum!

Die Freude des Schiffes spürend,
wie es Lieder und Ladung wiegt,
wolln wir nach Löwenkraft gierend:
dass sie den Versen entfliegt!

Der Löwe (dunkel umwölkt er)
brüllt aus den flammenden Seiten –
„Proletarier zähmten", so tönt er,
„die Purpurstuten beizeiten,

wie Lenin den Schmerz der Erde,
der Wetternde, auf seinen Händen,
damit die glänzenden Pferde
winterlose Wiesen fänden!" –

Там, как стихи, павлиноцветы,
Гремучий лютик, звездный зев…
Мы – китобойцы и позты –
Взбурлили парусом напев.

И вея кедром, росным пухом
На скрип словесного руля,
Поводит мамонтовым ухом
Недоуменная земля!

<1927>

Dort – so wie Verse, pfauenbunt,
glänzt Löwenmaul, der Hahnenfuß klirrt …
Wir – Walfänger mit Poetenmund –
entlockten dem Segel ein Lied.

Und zederwehend, mit harzigem Flaum,
wenn unser Wortruder knarrt,
schiebt sie ihr Riesenohr in den Raum:
die Erde auf staunende Art!

Есть две страны; одна – Больница

Есть две страны; одна – Больница
Другая – Кладбище, меж них
Печальных сосен вереница,
Угрюмых пихт и верб седых!

Блуждая пасмурной опушкой,
Я обронил свою клюку
И заунывною кукушкой
Стучусь в окно к гробовщику:

"Ку-ку! Откройте двери, люди!"
"Будь проклят, полуночный пес!
Кому ты в глиняном сосуде
Несешь зарю апрельских роз?!

Весна погибла, в космы сосен
Вплетает вьюга седину..."
Но, слыша скрежет ткацких кросен,
Тянусь к зловещему окну.

И вижу: тетушка Могила
Ткет желтый саван, и челнок,
Мелькая птицей чернокрылой,
Рождает ткань, как мерность строк.

В вершинах пляска ветродуев,
Под хрип волчицыной трубы.
Читаю нити: "Н. А. Клюев,–
Певец олонецкой избы!" <25 марта 1937>

Zwei Länder gibt's: das Krankenhaus links –

Zwei Länder gibt's: das Krankenhaus links –
rechts den Friedhof, zwischen beiden
die Kiefernkette, so trüb wie rings
die tristen Tannen und Weiden.

Ich tapp am düsteren Wald entlang,
die Krücke verschwand in die Nacht,
und wie der Kuckuck im Sprechgesang
klopf ich beim Kerl, der Särge macht:

„Ku-kuk! Öffnet! Die Tür auf, Leute!"
„Verflucht, wem bringst du Hundesohn
aprilbeschwipst die Rosenbeute,
das Morgenrot im Topf aus Ton?!

Erstickt der Frühling, Gestöber flicht
Grauhaar in die Zottelföhren …"
Doch tapp ich zum fahlen Fensterlicht
und kann das Webknirschen hören.

Ich seh: Tantchen Grab webt ein Laken,
seh das Schiffchen am gelben Tuch
und im huschenden Fadenschlagen
wächst der Stoff wie Zeilen im Buch.

Und im Wipfeltanz und Windgekläff,
vom Wolfstrompeten durchschnitten,
da les ich die Schrift: „N. A. Klujev,
der Sänger der Bauernhütten!"

DREI GEDICHTE

VON

VALERIJ DOMANSKIJ

aus „Narym“ – Kljuev in Sibirien

(Tomsk 2003)

4. Письмо из бани

Я отдыхаю только в бане,
Смываю грязь, что липнет к душам.
Люблю морозным утром ранним
Согреть здесь косточки под душем.

В парилке ядренéю репой,
Березовый запарив веник.
Восстав из пыли, тлена, пепла,
В мир возвращаюсь птицей феникс.

Так боль уходит и обида
На час, на два. Явь отступает.
И банщик круглый с важным видом
Чаек из мяты предлагает.

Пью долго, чинно, как на воле
В избе на севере, средь сосен…
И звон ближайшей колокольни
Благую весть ко мне доносит.

Ужель, подарят мне свободу,
Отпустят с богом…Грезы! Грезы!
И орошают слезы бороду,
А в сердце ноет все заноза.

4. Brief aus dem Dampfbad

Ich erhole mich nur im Dampfbad,
lös den Schmutz, der an der Seele klebt.
Wie schön, wenn am frostigen, frühen Tag
die Dusche meine Glieder belebt!

Bin, von den Birkenruten gestäupt,
im Dampf wie eine pralle Rübe
und kehre aus Asche, Moder, Staub
als Phönix zurück ins Weltgetriebe.

So gehen Schmerz und Schmach vorüber,
ein, zwei Stunden. Die Wirklichkeit weicht,
während der füllige Wärter lieber
wichtig ein Teechen aus Pfefferminz reicht.

Ich trinke lang, mit Würde, wie frei
in der Hütte fern zwischen Föhren …
vom Glockenturm weht ein Klang herbei
und lässt mich Erlösendes hören.

Verheißt mir die Freiheit, wirklich frei?
die Tränen rollen mir in den Bart,
mit Gott entlassen … Traum, Träumerei,
und der Splitter im Herzen ist hart.

8. Изба

Об избе мечтал расписной,
Разукрашенной, резной.
С деревянным коньком,
Что по небу летит с ветерком.
Нет, изба не летит, а плывет:
Пятистенок – большой пароход,
Крыша – небо, где звезды горят,
Чугунки якорями гремят.
Печь огромная – добрая няня
Угостит пирогами, блинами,
Нас избавит от всяких забот,
Спать положит на теплый живот.

Он нашел такой дом и просится –
На Мариинском тридцать восемь.
Поселился, живет в чистой горнице,
Здесь и горе уже только горюшко.
Думы долгие, думы вольные…
Пишет другу: «Живу на околице,
Рядом роща, река струится,
Край горы, близ тюрьмы, близ больницы…»
Неба край, жизни край, край пути.
«Стихни, время, на миг, не лети!
Мне судьба дает передышку
Написать последнюю книжку
Кровью сердца, словами души.
Стихни, время, на миг, не спеши!»

8. Russisches Bauernhaus

Sein Traumhaus sollte bemalt sein,
verziert, geschnitzt, in allem fein,
mit hölzernem Pferdchen geschmückt,
das flott im Wind übern Himmel fliegt.
Nein, es fliegt nicht, das Haus, sondern schwimmt:
Fünfeckig – Dampfer, der Fahrt aufnimmt,
das Dach – der Himmel mit Funkelstern,
die Öfen rasselnde Anker wärn,
der riesige aber – die gute Fee
erlöst uns von Sorgen und allem Weh,
spendet Piroggen, Pfannkuchen auch,
und bettet uns auf den warmen Bauch.

Er fand so ein Haus und machte gleich fest –
Marinskijstraße achtunddreißig,
zog ein, die gute Stube war nun sein Nest,
Kummer ist hier nur ein Kümmerchen, weiß ich.
Lange Gedanken, freie Gedanken …
Er schreibt seinem Freund: „Nun leb ich am Rande,
neben dem Wald, der Fluss strömt gradaus,
nicht weit vom Knast und vom Krankenhaus …"
Am Ende der Welt, des Lebens, der Fahrt.
„Zeit, halte an, nur kurz, sei nicht hart,
das Schicksal gewährt mir eine Frist,
bis mein letztes Buch geschrieben ist,
mit Herzblut, sprechendem Seelenlicht.
Zeit, halte an, nur kurz, so eil nicht!"

Плаха

Я надену черную рубаху
И вослед за мутным фонарем
По камням двора пойду на плаху
С молчаливо-ласковым лицом.
Н. Клюев

Он обезножел в камере и молча
Молился, часа рокового ждал,
Воспоминаний вдруг накатывались волны
И в стены бились, как в причал.
Жизнь прокрутилась в кадрах кинолентой,
Был пройден заново весь путь земной.
Казалось, кто-то все шептал рефреном:
«Молись, не бойся, душу успокой!»

Молился, хоть и не было иконы –
Все отняли: тетради, книги, складень
И дивные он слышал звоны,
Как в Китеже, чудесном божьем граде.
Когда однажды вынесли на воздух,
Он встретил Ювеналия-отца,
Тот осенил его перстами осторожно,
Провел рукою скорбно у лица.

День пришел святой Софии,
День Надежды, Веры и Любови.
Часа ждал: допрашивали, били,
Издевались, придирались к слову.
Отрицал злой умысел, но с властью
Примириться не желал и верил в Бога.

Richtplatz

Mein schwarzes Hemd streif ich über
und folg dem matten Laternenlicht
über den Hof zum Richtplatz hinüber
mit ruhigem und zärtlichem Gesicht.
N. Kljuev

Wie beinlos lag er betend in der Zelle,
im Bann der Stunde, wann er sterben müsste,
Erinnerungen schlugen Welle auf Welle
an die Wände wie an eine Küste.
Sein Leben lief auf einer Spule vorbei,
wiederum ging er den irdischen Weg,
und jemand sprach, als ob's ein Kehrreim sei:
„Bete, bleib furchtlos, und überleg!"

Er betete, auch ohne Ikonen –
fort waren: Hefte, Bücher, der Tischaltar,
doch er hörte wundervolle Glocken
wie in Kitesch, der märchenhaften Stadt.
Als sie ihm einmal Freigang gewährten,
trat Juvenalij, der Pater, auf ihn zu,
bekreuzte ihn mit sanfter Gebärde,
wobei er ihm über die Wange fuhr.

Es kam der Tag der heiligen Sophie,
Tag der Hoffnung, des Glaubens und der Liebe,
und die Stunde, dass sie höhnten, ihn anschrien
und schlugen, bei jedem Wort schikanierten.
Er verneinte das Böse, doch Gewalt
lag ihm fern und er glaubte an Gott.

Палачи ругались: «Он опасен,
На Каштак ему одна дорога».

Порешили тайно без суда и адвоката,
Приговор подписан подлой тройкой,
И спокойно спали супостаты,
День свой завершив попойкой.
Он не спал, хотя впадал в забвенье,
Дни слились в один день ожиданья.
«Завтра мой настанет день рожденья,
Завтра – с жизнью расставанье».

Выводили ночью при «летучей мыши»,
Город спал, и не было огней.
Таял снег и капал глухо с крыши.
Понесли к телеге. Лошадей
Запрягали. Пахло перегаром.
Матерились. Торопились поскорей запрячь.
– Куда едем?
Все молчат, охранник старый
Мрачно пошутил:
– К теще на печь.
Повезли под мокрым одеялом
На подводе, как в ладье Харона.
Не кричали, плакали, прощались.
«Господи! Кто тело похоронит?»

Три ночи Томск был в черной яме,
Не было в городе света,
Освещали дома свечами
В память о своем Поэте.

Die Henker schimpften: „Er ist gefährlich,
sein Abtransport nach Kaschtak tut not!“

Heimlich, ohne Gericht und auch Advokaten
schrieben sie schurkisch das Urteil zu dritt.
Als sie den Tag mit Saufen besiegelt hatten,
wie ruhig schlief da jeder Bandit!
Er schlief nicht, nickte wohl manchmal ein,
statt Tagen schien’s nur den einen zu geben:
„Morgen wird mein Geburtstag sein,
morgen – der Abschied vom Leben.“

Sie kamen im Dunkel der Fledermaus,
die Stadt war im Schlaf, kein Fenster hell.
Der Schnee tropfte dumpf von jedem Haus.
Sie trugen ihn zum Wagen, schirrten schnell
die Pferde. Übel roch es nach Schnaps!
Sich sputend und fluchend spannten sie an.
– Wohin fahrn wir?
Bloßes Schweigen; der alte Wachmann
scherzte verdrießlich:
– zur Schwieger auf den Ofen.
Er lag nun unter der feuchten Decke
auf dem Wagen, wie in Charons Nachen.
Niemand schrie, kein Weinen, kein „Leb wohl“.
„Wer denn, Herr, wird den Leib begraben?“

Drei Nächte lang lag Tomsk in Schwärze,
es gab in der Stadt kein Licht,
doch an den Fenstern manche Kerze:
ihren Dichter vergaßen sie nicht.

Nachwort

«Die Herz-Rose, zerdrückt von Narym …»

Schon lange, bevor er verhaftet und nach Sibirien gebracht wurde, thematisierte Nikolaj Kljuev den Schnee, die Kälte und den Schneesturm Naryms und nahm sie als eine Art poetisches existentielles Zeichen für Zwangsarbeit, gewaltsamen Tod und Vernichtung. Narym verfolgte den Dichter hartnäckig, zuerst in seinen Gedichten, dann auch im wirklichen Leben, wo es zum Ort seiner Verbannung wurde. Zum letzten Mal wird das Thema „Finsternis, Vertreibung und Narym" in seinem Gedicht „Es gibt zwei Länder: ein Krankenhaus …" aufgegriffen, das kurz vor seinem Tod entstanden ist. Ein Brief lässt vermuten, dass er auch das Poem „Narym" in Sibirien geschrieben hat. Ob es mit diesem Titel tatsächlich oder nur als briefliches Phantasiegebilde existiert, bleibt wohl für immer ungewiss, sind doch alle Schriftstücke während seiner zwei Tomsker Verhaftungen konfisziert worden und dann spurlos verschwunden.

Bei meinen Nachforschungen über Kljuevs Aufenthalt in Sibirien tauchte ich in das Fluidum seines Lebens so weit ein, dass mir ein Gedicht mit einem solchen Titel zur Wirklichkeit wurde, ein Gedicht, in dessen Zentrum das Bild des verbannten Dichters als eines leidenden bäuerlichen Orpheus steht. Dem Gedicht liegen die authentischen Fakten seiner Biografie zugrunde, dazu kommt die künstlerische Rekonstruktion seiner Gedanken, Gefühle und Erlebnisse, die uns in mancher Hinsicht aus seinen sibirischen Briefen bekannt sind wie auch aus seinem „Narymer“ Poem „Kreml“, das lange Zeit im Familienarchiv „T.A Krawtschenko“ aufbewahrt und vor kurzem unter meiner Mitwirkung und mit der finanziellen Unterstützung der Tomsker staatlichen Universität veröffentlicht wurde.

Mein Poem besteht aus 14 Kapiteln, die in gewisser Weise verschiedene Gedichtgenres repräsentieren: die poetischen Briefe Kljuevs, seine Träume, die inneren Monologe, die ethnographischen Beschreibungen, das religiöse Traktat, die Reportagen und die poetisierend dokumentarischen Erzählungen. Deshalb kann jedes Kapitel als Gedicht für sich allein bestehen, doch alle sind auch auf assoziative Weise miteinander verknüpft: Im Zentrum des Gedichts steht das tragische Schicksal des großen russischen Dichters, der von Narym vernichtet wurde.

Hartmut Löffel hat drei Versfragmente meines Poems dichterisch übersetzt und nun in sein Buch übernommen. Das erste – «Brief aus dem Dampfbad» – beruht auf belegten Tatsachen. Kljuev liebte die russische Sauna über alle Maßen, nahm gern ein Dampfbad und ließ sich dabei von Birkenbesen peitschen. Es sind Briefe erhalten, in denen er den Besuch des Tomsker

Bades beschrieb. Er war für ihn auch ein eigentümlicher Reinigungskult.
Das zweite Fragment «Bauernhaus» vereinigt Kljuevsche Beschreibungen der russischen Balkenhütte mit ihren geschnitzten Fenstern und dem Pferdchen auf dem Dach. Für den Dichter war dieses „russische Bauernhaus" eine Art Modell des Kosmos. Drei Monate (vom Januar bis zum März 1937) lebte Kljuev in einer solchen „isba", die ihn an die prächtigen seiner heimatlichen Küste „Pomorje" erinnerte.
Das dritte Versfragment «Richtplatz» widmet sich dem tragischen Ende des russischen Dichters, dem seine Peiniger mit einer vorgefertigten Anklage und ohne Wahrung der Rechtsordnung das Urteil sprachen, worauf sie den kranken, aufgrund einer Lähmung gebrochenen Mann in einer Herbstnacht in einer der Tomsker Schluchten heimlich erschossen. Die genaue Stelle, wo sie ihn verscharrten, ist bis heute nicht bekannt. Er ruht im namenlosen brüderlichen Grab wie viele Opfer des furchtbaren roten Terrors.
In diesem Gedicht habe ich auf suggestive Weise versucht, diese unheimlichen Szenen des Endes von Kljuev darzustellen. Ich hoffe, dass meine Gedichte die Vorstellungen des deutschen Lesers vom Leben und Schicksal eines der eigenständigsten russischen Dichter des 20. Jahrhunderts erweitern und sein Mitgefühl hervorrufen.

Valerij Domanskij

Frühere Übersetzungen einzelner Gedichte

1) Neue russische Lyrik, herausgegeben und übersetzt von *Johannes von Guenther*, Fischer-Bücherei, Frankfurt am Main 1960. Seite 108: „Der Liebe Anfang war im Sommer" / „Любви начало было летом" (von 1908) und Seite 109: „Der Sämann" / „Пахарь" (von 1911 / 1918).

2) *Stammler, Heinrich*: in der zweibändigen Kljuev-Ausgabe, München 1969, Bd. 2. Neben einzelnen Strophen sind übersetzt: S. 15: Мы любим толко то, чему названья нет (undatiert). Seite 20: Не верьте, что бесы крылаты (von 1916). Seite 26f.: Не в смерть, а в жизнь введи меня (von 1915). S. 28: ЛЕС (von 1912). S. 35: Я – мраморный ангел … (von 1912).

3) Russische Lyrik von den Anfängen bis zur Gegenwart, zweisprachig, Reclam, Stuttgart 1983, S. 338ff. „Уму – республика, а сердцу – Матерь-Русь" (von 1917). Übersetzung von *Dietrich Wörn*.

4) *Schentalinski, Witali*: Das auferstandene Wort, Lübbe Verlag, 1996. Aus dem Russischen von Bernd Rullkötter. Übersetzt sind „Gamajuns Gesang" aus dem Gedichtzyklus „Die Zerrüttung", S. 403, und Teile vom Epos „Das Lied von der Großen Mutter", S. 410, S. 414-418. Übersetzerin der Gedichte: *Sylvia List*.

5) *Rakusa, Ilma*: In: Von Ketzern und Klassikern, Streifzüge durch die russische Literatur, edition suhrkamp No. 2325, Suhrkamp Verlag, 2003, S. 77f. übersetzt: „От сутемок до звезд …" (von 1918).

Quellenhinweise

Die russischen Texte stammen aus dem Internet. Soweit sie in der Münchner Ausgabe von 1969 vorhanden sind, nachstehend die Angaben:

Безответным рабом (1905) / Bd. 1, S. 231 (No. 19).
Прогулка (1907) / Bd. 1, S. 228f. (No. 16).
Я надену черную рубаху (1908) / Bd. 1, S. 229f. (No. 17).
Костра степного взвивы (1910) / Bd. 1, S. 252f. (No. 43).
В златотканные дни сентября (1911) / Bd. 1, S. 217 (No. 1).
Ты всё келейнее и строже (1908/1911) / Bd. 1, S. 227f. (No. 14).
Весна отсияла... Как сладостно больно (1911) / Bd. 1, S. 217f. (No. 2).
Темным зовам не верит душа (1912) / Bd. 1, S.230f. (No. 18).
Певучей думой обуян (1912) / Bd. 1, S. 286 (No. 82).
Я молился бы лику заката (1912) / Bd. 1, S. 242 (No. 36).
Осинушка (1913) / Bd. 1, S. 280f. (No. 76).
Чу! Перекатный стук на гумнах (1913) / Bd. 1, S. 299 (No. 102).
Пашни буры, межи зелены (1914) / Bd. 1, S. 279 (No. 74).
Я люблю цыганские кочевья (1914) / Bd. 1, S. 281 (No. 77).
Просинь – море, туча – кит (1914) / Bd. 1, S. 223f. (No. 9).
Талы избы, дорога (1914/ 15) / Bd. 1, S. 296 (No. 96).
Болесть да засуха (1915) / Bd. 1, S. 298f. (No. 101).
Бродит темень по избе (1915) / Bd. 1. S. 388f. (No. 183).
Не в смерть, а в жизнь введи меня (1915) / Bd. 1, S. 308f. (No. 117).

Рождество избы (1915/16) / Bd. 1, S. 292f. (No. 91).
Зима изгрызла бок у стога (1916) / Bd. 1, S. 389f. (No. 184).
Пахарь (1911/1918) / Bd. 1, S. 221f. (No. 6).
Братья, мы забыли подснежник (1920) / Bd. 2, S. 162f. (No. 312).
Плач о Есенине (1926) / Bd. 2, S. 315ff. (No. 423-425).
Успокоение (1926), ebenda S. 323f.
Корабельщики (1927) / Bd. 2, S. 240 (No. 380).
Есть две страны (1937) / Строфы века. Антология русской поэзии. Сост. Е.Евтушенко. Минск, Москва: Полифакт, 1995.

Inhalt

Über die Autoren

Valerij Domanskij, geb. 1950 in Belogorje (Ukraine), Philologiestudium in Sankt Petersburg. Professor an der Staatlichen Universität in Tomsk, Mitglied des Russischen Schriftstellerverbands. Leiter des literarischen Studios der jungen Dichter «Juvenes dum sumus». Autor von «Нарым», Poem (2003) und «Russland. Leta. Wassermann», Gedichte (2004). Kljuev-Forscher. Koredaktor der wissenschaftlichen Sammlungen Kljuevs und des Buchs «Kljuev in Tomsk» (2006). Veranstalter von Konferenzen.

Hartmut Löffel, geb. 1937 in Stuttgart, Studium der Germanistik bzw. Romanistik in Tübingen und Bordeaux, lebt in Biberach/Riß. Veröffentlichungen u. a. »Wechselnde Beleuchtung«, Lyrik (1998), »Die Anfälligkeit für Fallen«, Erzählungen (2004). »Der listige Lazarus«, Annäherungen an Heinrich Heine, Stück in 12 Bildern (2002); russ. Übers. u. d. T. »Lukavyj Lazar'« (2004).
Mitübersetzer und Mitherausgeber von: Nikolaj Rubcov »Komm, Erde«, Gedichte (2004). Herausgeber von: »Oberschwaben als Landschaft des Fliegens«, Anthologie (2007). Auszeichnungen: Bayerisch-Schwäbischer Literaturpreis 2005 und Preis der Akademie Ländlicher Raum Bad.-Württ. 2007.

Umschlaggemälde:
Marina Razina, geb. 1966, studierte Malerei in Rybinsk (Jaroslavler Gebiet, Russland), lebt in Poschechonje und Rybinsk. Ausstellungen u. a. in Moskau, Paris und in Biberach/Riß. Sie malt vor allem Landschaften und Interieurs ihrer russischen Heimat.